Johann Georg Korb

Récit de la sanglante revolte des Strélitz en Moscovie

Tome 8

AF130525

Anatiposi

Johann Georg Korb

Récit de la sanglante revolte des Strélitz en Moscovie

Tome 8

Réimpression inchangée de l'édition originale de 1859.

1ère édition 2023 | ISBN: 978-3-38273-236-3

Anatiposi Verlag est une marque de Outlook Verlagsgesellschaft mbH.

Verlag (Éditeur): Outlook Verlag GmbH, Zeilweg 44, 60439 Frankfurt, Deutschland
Vertretungsberechtigt (Représentant autorisé): E. Roepke, Zeilweg 44, 60439 Frankfurt, Deutschland
Druck (Imprimerie): Books on Demand GmbH, In de Tarpen 42, 22848 Norderstedt, Deutschland

BIBLIOTHÈQUE
RUSSE ET POLONAISE.

VOL. VIII.

RÉCIT
DE LA SANGLANTE
RÉVOLTE DES STRÉLITZ
EN MOSCOVIE,

J. G. KORB.

PARIS
LIBRAIRIE A. FRANCK,
67, Rue Richelieu.
1859.

RÉCIT

DE LA SANGLANTE

RÉVOLTE DES STRÉLITZ

EN MOSCOVIE,

PAR

J. G. KORB.

1698.

⁂

PARIS.

LIBRAIRIE A. FRANCK,

67, Rue Richelieu.

1859.

PRÉFACE.

Un livre qui est aujourdhui entre les
mains de tout le monde en Russie porte le
jugement suivant sur celui dont nous tra-
duisons ici les pages les plus importantes:

„Le premier ouvrage exact, dit M. Oustrialof [1]), qui ait réellement fait connoître
Pierre à l'Europe est dû à Jean-George

---

[1]) Histoire du règne de Pierre le grand, Saint-
Pétersbourg, 1858, I, LXII.

Korb, secrétaire de la légation césarienne près de la cour moscovite. Il avoit séjourné à Moscou plus d'un an (depuis la fin d'avril 1698 jusqu'au 23 juillet 1699), et fût à même d'étudier Pierre à l'une des plus remarquables phases de son existence, au retour de son premier voyage en Europe. Plus d'une fois, il s'étoit assis à la table même du tzar; il connoissoit personnellement tous ses favoris; il fût témoin des obsèques de Le Fort, il assista aux supplices des Strélitz; il se rendit parfaitement compte de l'organisation de la Russie, de ses moeurs, de ses coutumes, et toutes ses observations, tous les événemens qui eurent lieu en sa présence, il les consigna jour par jour dans un Journal qu'il fit paroître en rentrant à Vienne avec l'autorisation de l'empereur Léopold I²). — Cette publication coincidât

---

²) Voici ¡la description bibliographique de ce livre de la plus grande rareté: *Diarium itineris in Moscoviam perillustris ac magnifici domini Ignatii Christophori nobilis domini De Guarient*

avec l'arrivée à Vienne du Prince Pierre Galitzin, chargé par le tzar d'une mission particulière[3]). Blessé du tableau peu flatteur que l'auteur y traçoit de la nation russe, de ses quolibets sur la cour et de l'inexactitude de quelqu'uns de ses récits,

---

et Rall ab imperatore Leopoldo I ad Tzarum et Magnum Moscoviae Ducem Petrum Alexiovicium anno MDCXCVIII ablegati extraordinarii descriptum a Joanne Georgio Korb, p. t. secretario ablegationis caesareae. Viennae Austriae. In-folio contenant 252 pages, plus 5 liminaires, 8 gravures et 11 cartes ou plans. Le titre est sans date mais le privilège impérial porte celle du 8 octobre 1700 et on voit par la lettre du Prince Galitzin, citée plus bas par Oustrialof, qu'il avoit paru le mois d'août suivant.

[3]) Ce Prince Galitzin, né en 1660, mort namiéstnik de Kief en 1722, fût un des premiers sénateurs et des premiers chevaliers de S. André que créa Pierre I (V. *Histoire des Princes Galitzin par Serchévski*, p. 57); ses dépêches rappellent ce mot du Comte de Maîstre: *Les Autrichiens choquent, les oiseaux volent, c'est leur nature.*

il envoya immédiatement un exemplaire de
cet ouvrage à Moscou en l'attribuant à l'am-
bassadeur lui-même, Ignace Guarient, et en
se plaignant amèrement d'un semblable procédé de la part d'un homme qui avoit été
si choyé en Russie." On nous regarde maintenant comme des barbares", écrivoit Galitzin le 8 août 1701 au chancelier Golovin.
Guarient s'empressa de se justifier; il donna
sa parole à Golovin, à Chafirof, à l'Empereur lui-même que cet ouvrage avoit été
publié sans qu'il en ait eu connoissance par
son secrètaire Korb, qu'il ne renfermoit pas
une syllabe de lui, qu'il a été bien loin de
s'exprimer dans ce sens sur la cour de Moscou dans ses rapports officiels, que son au-
guste Maître pourroit certifier lui-même la
profonde estime qu'il avoit toujours pro-
féssée pour le tzar. Puis, dans une lettre
familière à Chafirof, Guarient chercha à
lui prouver que, sauf quelques descriptions
trop moqueuses, pas assez véridiques, cet
ouvrage ne contenoit au fond rien de pré-
judiciable à l'honneur du nom russe. — A
la suite de nouveaux rapports du Prince

Galitzin, cette affaire prit, toutefois, une tournure si grave que Guarient ne se décida pas à retourner à Moscou dans la crainte de rencontrer le regard mécontent du tzar. Le fameux livre fût traduit en russe [4]) et Golovin exigea du cabinet viennois qu'il en interdit la vente et la reproduction; c'est pourquoi le Journal de Korb est devenu une si immense rareté bibliographique [5]). Tous les historiens de Pierre qui en ont eu connoissance (excepté Golikof[6]) qui ne traite

---

[4]) Cette traduction, bien entendu inédite, existe aux Archives de Moscou; M. Oustrialof est le premier qui l'ait signalée.

[5]) V. *Kritisch-literärische Uebersicht der Reisenden in Russland bis 1700, von Fr. v. Adelung et Brunet, Manuel du libraire et de l'amateur de livres.* Vendu 80 livres à l'Hôtel de Bullion en 1786, le *Diarium* de Korb vaut certainement maintenant plus du double.

[6]) C'étoit un simple marchand russe qui a publié un vaste Recueil de documens relatifs à Pierre I ne formant pas moins de 30 volumes in-8, Moscou, 1788—97.

Korb que de calomniateur), s'appuient sur lui comme sur un des documens les plus authentiques et les plus essentiels que nous possédions. Et, en effet, il faut convenir que ce que Guarient a avancé sur ce livre est incontestablement juste: le récit de Korb révèle une profonde estime pour Pierre, un grand amour de la vérité; s'il s'est parfois trompé, c'est uniquement parcequ'il a été lui-même induit en erreur: ses propres observations sont marquées au coin de l'exactitude et de la loyauté."

Le fait le plus considérable sur lequel Korb mérite d'être consulté est assurément la révolte des Strélitz.

Créés au commencement du règne d'Ivan le Menaçant, c'est en 1551 qu'on rencontre pour la première fois les Strélitz dans les fastes de la Russie accompagnant le tzar à Kazan. C'étoit des gens *libres*, relevant d'un tribunal spécial, exempts d'impôts, autorisés même à trafiquer à leur gré. La construction de leurs maisons incomboit au

gouvernement; il leur fournissoit le moyen
de vivre et de se battre, tandis que les autres
soldats étoient équipés aux frais de leurs
seigneurs respectifs et n'avoient aucune ré-
munération à attendre pour le sang qu'ils
étoient cependant tenus également de ré-
pandre pour maintenir l'intégrité du sol
russe, intégrité menacée sans cesse par des
lances polonoises ou des hallebardes teutoni-
ques. De leur côté, les Strélitz étoient entièrement voués au service du tzar et de la
patrie; le fils du Strélitz étoit Strélitz en nais-
sant: il entroit dans leurs rangs dès qu'il
pouvoit manier une arme, et, quand il n'en
avoit plus la force, soit par l'âge, soit par suite
de blessures, il trouvoit un asile et des soins
particuliers dans ces monastères qui, par-
tout, ont été naguère secourables aux
souffrances de l'humanité et favorables à
ses vrais progrès. Un kafetan de drap bleu
de ciel, cerise ou vert, souvent brodé d'or,
— un bonnet de velours, garni l'hiver de
fourrures, — des bottes rouges ou jaunes :
tel étoit le costume qu'ils portoient avec
vanité. En temps de paix, leurs obligations

consistoient à tenir garnison dans l'intérieur de l'Empire et à parader dans sa capitale; en temps de trouble ou de guerre, ils étoient les premiers avec les Kosaques à l'attaque et se montroient plus intrépides qu'eux à l'assaut d'une place. Ils formoient, en un mot, le seul corps militaire régulièrement constitué avant Pierre I et une force avec laquelle il falloit compter. On sait le parti que sût en tirer la tzarévna Sophie en 1682. Cet épisode a été récemment trop bien narré pour que nous ayons ici à y revenir autrement que pour saisir comme une heureuse rencontre l'occasion qui se présente de pouvoir rendre un nouvel hommage au talent de M. Stchébalski et à celui de son traducteur [1]). Pierre conserva sans doute de la rancune aux Strélitz d'avoir alors ôté de ses mains les rênes de l'Etat pour les remettre dans celles de sa soeur; il n'est pas

---

[1]) *La Régence de la Tzarévna Sophie*, traduite par le Prince Serge Galitzin; Carlsruhe, 1857, in-8.

surprenant, d'autre part, que ceux-ci, dépouillés de leurs privilèges, froissés de la
prépondérance qu'il accordoit à l'élément
étranger dans ses violentes réformes, aient
eu leurs regards constamment fixés vers les
barres de fer derrière lesquelles étoit enfer-
mée, vaincue, non désespérée, leur ancienne
et intelligente protectrice. Ils voulurent
profiter de l'absence du redoutable maître
pour la délivrer et rentrer au Kremlin dont
la garde leur avoit été prudemment ôtée et
où les attendoit une foule sympathique,
ostentiblement guidée par un clergé humilié
qui n'a jamais su, d'ailleurs, servir de mé-
diateur pacifique entre le trône et le peuple.
Gordon, homme de sens et de courage, parvint à réprimer cette nouvelle et dernière
révolte; Pierre accourût des bords de la
Tamise pour la punir et, d'autant plus furieux qu'elle dérangeoit les projets qu'il
méditoit déjà contre la Suède, Voltaire ra-
conte, sans aucune émotion, qu'il crut devoir
étonner et subjuguer pour jamais l'esprit
de la nation par l'appareil et par la multi-

tude des supplices. Vainement, rapporte
un autre de ses panégyristes [8]), essaya-t'on
de le porter à la clémence. Le Patriarche,
une image de la St. Vierge en main, accom-
pagné de son clergé, vint à Préobrajénskoe
avec ces paroles : „Tzar, la Mère de Dieu
vient te demander la grâce des coupables!
Pourquoi viens-tu içi avec les saintes images,
lui repartit en colère le tzar? Je crains Dieu,
je vénère sa Sainte Mère, mais mon devoir
m'oblige de supplicier les scélérats et Dieu
me puniroit si je manquois à mon devoir.
Vas t'en, remets à sa place la sainte image
et n'oses pas t'opposer à la justice implacable!"

Elle fût réellement *implacable!* Soumis
à une censure préventive, les meilleurs écrivains russes n'ont pas osé jusqu' àprésant
la blâmer. Polevoi, qui a laissé une répu-

---

[8]) *Histoire de Pierre le grand par Polévoi;*
- S. Pétersbourg, 1843. I, 320.

tation libérale, prétend que la révolte des Strélitz n'ait parvenue à la postérité que par des récits mensongers. „Plusiers étrangers, dit-il, ont affirmé que dix mille Strélitz ont été mis à mort, que la muraille du Kremlin a été entièrement garnie par leurs têtes et comme quoi, odieuse calomnie! le tzar lui-même auroit tranché ces têtes, se vantant de sa force et de son habilité. Il est vrai que Pierre ne vouloit pas d'abord pardonner et que le supplice et les tortures de plusieurs Strélitz furent impitoyables, mais souvenons-nous de l'esprit du siècle, de la grandeur du crime des coupables qui exigeoit un exemple de sévérité. Le chiffre des Strélitz suppliciés a été absurdement exagéré: selon toute apparrence, il ne doit pas être porté à plus de mille. Remarquons encore que les contemporains n'ont pas songé à reprocher au tzar sa cruauté; qu'à cette époque dans les empires les plus civilisés, en Angletterre, en France et en Allemagne, les supplices étoient rigoureux et que la torture étoit regardé

comme l'indispensable moyen de parvenir
à la vérité. Enfin ne justifierons nous pas
même complètement le terrible tzar si nous
nous souvenons quelle immense calamité il
lui appartenoit de prévenir et ce qui auroit
pu advenir du succès des Strélitz puisque
ses soeurs et son épouse elle-même avoient
trempé dans leur complot?" [9])

Mais Polevoi et ses successeurs, plus ou
moins heureux, ont beau vouloir atténuer
les faits, il est certain que Korb n'a pas
menti et que le rôle que Pierre I a joué
dans la révolte des Strélitz n'a pas été pour
le moins digne d'un grand prince. Sa cu-
rieuse Relation est faite pour abaisser de
quelques crans Pierre dans l'opinion de

---

[9]) *ib. p.* 222. La tzaritza Eudoxie n'avoit
nullement trempé dans le complot des Strélitz.
M. Oustrialof, sur lequel nous nous plaisons à
nous appuyer, le prouve irréfragablement (III,
191).

plusieurs, mais en réalité elle ne le peint
que tel qu'il étoit: ne sachant pas pardonner,
persécuteur jusqu'aux enfers à qui il en
vouloit, n'ayant rien de sacré pour réussir
promptement et exigeant une servitude et
une admiration perpétuelle. Les avis peu-
vent être partagés sur la mesure qu'il crut
devoir prendre touchant la suppression des
barbes de nos pères; ils ne sauroient l'être
sur sa facilité à trancher leurs têtes.

Aucun royaliste françois, et on sait s'il y
en a eu d'exagéré, n'a cherché à disculper
Louis XI ou Charles IX de leurs méfaits;
je ne vois pas pourquoi les écrivains russes,
plus scrupuleux que tous leurs confrères de
l'univers et trop artisans de quintessences,
se tortureroient l'esprit pour cacher les dé-
fauts de quelqu'uns de leurs anciens souverains et tenteroient encore, bien inutilement,
de retenir la vérité captive dans leurs mains.
N'ont-ils pas le rare bonheur de vivre désor-
mais sous un régime où il est licite à tout
honnête homme d'avoir une opinion et de la

2

formuler librement: *Rard temporum felici-
tate ubi sentire quae velis et quae sentias
dicere licet.* [10])

Prince Augustin Galitzin.

---

[10]) *Tacite parlant du règne de Trajan.*

RÉCIT

DE LA SANGLANTE

RÉVOLTE DES STRÉLITZ

EN MOSCOVIE,

PAR

J. G. KORB.
1698.

2.

RÉCIT

DE LA SANGLANTE REVOLTE DES STRÉLITZ EN MOSCOVIE,

PAR

J. G. KORB.

~~~~~~~

Par un de ces jeux où se plait la fortune, il arrive très souvent qu'en voulant porter secours à une maison voisine, envahie par un violent incendie, on voit la sienne exposée à un danger semblable, et par conséquent c'est avec raison que, toutes les fois que le feu est chez le voisin Ucalégon[1]),

---

[1]) Personnage de l'Enéide.

on doit déplorer ce malheur comme le sien propre.

Tout le monde sait que les Polonois, appelés à choisir par voie d'élection le roi qui devoit occuper le trône vacant de leur pays, avoient partagé leurs votes entre deux candidats. Ces agitations, se produisant au sein d'une assemblée turbulente, chez un peuple vif, intelligent non moins qu' ambitieux, menaçoient tous les intérêts d'un imminent désastre. Stimulé par le voisinage du danger, le tzar de Moscovie donna ordre à un nombreux corps d'armée placé sous le commandement du général Michel Grégoriévitch Romodanovski[2]) d'observer les frontières de la Lithuanie, afin d'apaiser par un prompt remède les désordres publics auxquels pouvoient donner lieu les querelles particulières, de mettre à la raison avec des forces imposantes ceux

---

[2]) Ce Prince Romodanovski, créé boyard en 1679, étoit fils de celui qui fût massacré à la première révolte des Strélitz, le 15 mai 1682; il ne faut par le confondre avec celui, dont il sera plus loin question, auquel Pierre I avoit déféré le titre de César et de Majesté.

qui troubleroient la paix générale et de les contraindre efficacement au respect qu'avoit le droit d'exiger le souverain élu. Mais, par un singulier retour de la fortune et des événements, ce fût contre lui qu'il précipita, au milieu d'une épouvantable catastrophe, l'orage ennemi qu'il avoit appréhendé de voir éclater avec une sauvage furie sur une nation voisine. Quatre régiments de Strélitz, campés sur la frontière lithuanienne, avoient formé l'abominable projet de changer l'ordre de succession au trône. Ils abandonnèrent les places qu'on leur avoit données à garder: le régiment de Théodose Viazma, celui d'Athanase Picla[3]), celui d'Ivan Osthéba[4]), et celui de Tikhon Dorogobouje; après avoir chassé ceux des officiers qui étoient restés fidèles, ils avoient fait une nouvelle distribution des grades militaires en accordant la préférence à celui qui s'étoit montré le plus empressé à la révolte. Déjà ils menaçoient des plus cruelles rigueurs les troupes voi-

---

[3]) Bieloe (?)

[4]) Ostachkof (?)

sines qui n'entroient pas d'elles-mêmes dans
leur parti ou qui s'opposoient á leur dessein.
Beaucoup de versions couroient à Moscou
sur un danger si pressant, sans qu'on sût
à laquelle ajouter foi; mais les fréquentes
entrevues des Boyards, leurs délibérations
de jour, leurs conciliabules de nuit, enfin
leurs incessantes menées ayant dessillé tous
les yeux sur la grandeur du péril, la nécessité fit comprendre qu'il étoit temps d'en
finir.   Avant de quitter la Russie, le tzar
avoit mis à la tête de l'armée le boyard et
voiévode Alexis Semenovitch Chein⁵); nul
autre ne pouvoit être chargé du soin de
châtier la révolte que celui à qui le prince
avoit remis la direction des affaires militaires; mais il n'avoit point reçu à ce sujet
d'instructions précises.   Tout le monde
vouloit attendre les événements pour se
décider et, dans le cas où la rébellion de-
viendroit plus menaçante, agir avec la dernière rigueur sans y admettre d'excuse
d'aucune sorte.   Chein accepta les pouvoirs

---

⁵) Capitaine renommé,   mort   en 1700; Korb
l'appelle *Schachin* et *Schachinius*.

qui lui étoient confiés à la condition pourtant que le décret, approuvé de tous, recevroit aussi la signature et les sceaux de tous. Malgré le bon droit de sa demande, il ne se rencontra personne qui ne refusât d'y apposer sa signature. Fut - ce par peur ou par jalousie? on l'ignore. Toutefois l'approche du danger et la crainte de voir les rebelles envahir Moscou n'en différèrent en rien l'exécution. Bien que ce ne fût pas une terreur vaine d'affronter cette masse de rebelles, on préféra aller au devant d'eux que d'attendre de leur part une attaque qui pouvoit être fort dangereuse. L'ordre fût donné aux régiments de la garde de se tenir prêts à marcher à toute heure contre les sacriléges violateurs de la majesté royale, qui insultoient à son oeuvre et qu'on devoit tous regarder comme coupables et complices du même crime. Il n'existoit plus de liens du sang ou de parenté (ajoutoit - on) dès qu'il s'agissoit du salut du prince et de l'empire ; bien plus, il étoit permis au fils de tuer son père quand celui - ci conspiroit la ruine de la patrie. Le

général Gordon [6]) accomplit bravement
cette mission et encouragea à bien faire
les troupes placées sous son commandement: y avoit-il, en effet, un service plus
glorieux que de se dévouer à la sûreté du
prince et de l'état? Ce fût en quelque
sorte un présage favorable que le jour
d'entrée en campagne se rencontrât avec
celui de la Pentecôte; l'Esprit de justice
et de vérité sembloit vouloir lui-même

---

[6]) Patrick d'Achleuris Gordon appartenoit à
une famille considérable d'Ecosse.   Il fit ses étu-
des chez les Jésuites de Bamberg, et vint en
1661 chercher fortune en Russie. Major sous le
tzar Alexis, il prit une part active à l'expédition
du Prince Basile Galitzin, et en a laissé une
Relation que fait autorité. Prévoyant la chûte
de ce ministre, il se rallia à Pierre I, et c'est
son régiment, entièrement composé d'étraugers,
qui abandonna le premier la tzarevna Sophie.
Pierre lui en demeura reconnaissant toute sa vie,
et l'appeloit *son père*. Lorsque ce jeune souverain quitta son empire pour apprendre à le
gouverner, c'est à Gordon qu'il confia le commandement de sa capitale, puis le soin de former
ses troupes à l'européenne et enfin l'honneur de
les conduire à la victoire contre les abominables
Turcs.   Gordon mourût général en chef à Mos-

confondre les desseins de l'iniquité et l'évé-
nement le démontra clairement. La discorde ayant divisé les trois principaux chefs
des rebelles, il en résulta le troisième jour
un retard dans leur marche qui permit à
l'armée fidèle de rencontrer les Strélitz
ennemis près d'un monastère consacré à la
sainte Résurrection et auquel on donne
aussi le nom de Jérusalem. La grandeur
d'un forfait apporte avec lui la crainte, les

---

cou le 9 décembre 1699. On rapporte que
l'Empereur s'écria en lui fermant les yeux:
»Maintenant je n'ai plus aucun serviteur fidèle!«
Gordon étoit le seul catholique marquant qu'il
y eût auprès de Pierre. Il a écrit ses Mémoires
en anglois: le manuscrit, formant 6 v. in-4, se
conserve aux Archives de Moscou; Müller
(*Samml. Russ. Gesch. II.*) en a donné quelques
fragmens en allemand, et Zakharof en a ingé-
nieusement transporté quelqu'uns en russe; mais
il manque encore une édition complète de ces
Mémoires, dignes de foi et pleins d'intérêt. —
Son parent et son gendre, Alexandre d'Archintoul
Gordon, est également parvenu au grade de
général en Russie et a écrit une *Histoire de
Pierre le grand*, qui a été publiée en anglois,
Aberdeen, 1755, 2 v. in-8, et a été traduite en
allemand par Wichmann, Leipzig, 1765.

hésitations, les avis contradictoires, et jamais
l'entente jurée pour un crime n'est de
longue durée. Si les rebelles s'étoient
seulement emparés du monastère une heure
plus tôt, à l'abri, derrière ses murailles ils
auroient peut-être découragé l'armée fidèle, épuisée par des assauts inutiles, et
auroient couronné leur scélératesse par un
triomphe funeste. La fortune refusa un
semblable dénoûment aux desseins de la
violence. Non loin de là couloit, à travers
des champs fertiles, une petite rivière, c'est
sur la rive supérieure de cette rivière que
s'établit l'armée du tzar; on apercevoit
les rebelles sur la rive inférieure, cherchant
à opérer un passage auquel on se seroit
difficilement opposé s'ils y avoient mis plus
d'ardeur et s'ils ne s'étoient ce jour-là
fatigués dans une longue marche. Faisant
passer la prudence avant l'emploi de la
force, Gordon s'avança seul vers la rivière
dans l'intention de haranguer les Strélitz,
qui se préparoient à la franchir. Il s'efforça
de les détourner de ce projet et de tout
autre semblable. Quel étoit leur bût?
où vouloient-ils en venir? si c'étoit vers
Moscou qu'ils comptoient se diriger, il ne

leur permettroit point de faire un pas de
plus et d'occuper tous les défilés de la rive
supérieure; ils feroient mieux de rester
de l'autre côté de la rivière et d'employer
la nuit à délibérer mûrement sur ce qu'il
leur convenoit de faire le lendemain. Les
rebelles ne trouvèrent rien à répliquer à
de si sages paroles; d'ailleurs la fatigue
leur conseilloit d'éviter prudemment l'occasion d'en venir aux mains sur le champ.
Gordon, qui avoit examiné à loisir les ac-
cidents du terrain, alla occuper, avec l'as-
sentiment de Chein, une hauteur voisine
favorablement située, distribua et fortifia
les postes sans négliger ce qui pouvoit
servir et protéger les siens ou contrarier
l'ennemi et lui nuire. Le colonel de Grage,
directeur des tortures [1]), remplit les devoirs
de sa charge avec autant de loyauté et de
bravoure; il s'établit sur la colline dont
nous avons parlé, plaça habilement ses
canons et disposa tout de façon que l'honneur du triomphe revint presque tout entier
à l'artillerie. A la pointe du jour le

---

[1]) *Caesareus rei tormentariae colonellus*, c'est à
dire chef de l'artillerie.

Commandant général Chein, envoya le
général Gordon pour les haranguer de nouveau.   Après avoir jeté quelque blâme sur
la désobéissance des troupes, celui-ci leur
parla beaucoup de la clémence du tzar.
Réclamoient-ils leur solde? ce n'étoit ni
en tumulte ni en masse que les soldats
devoient porter leurs plaintes au tzar. Pourquoi contre toutes leurs habitudes et contre
toute règle de discipline, avoient-ils abandonné les postes confiés à leur honneur?
Pourquoi, après avoir renvoyé leurs officiers, songent-ils à user encore de violence?   Il les engagea à formuler paisible-
ment leurs voeux, à aller, moins oublieux de
la foi jurée, reprendre leurs postes, et leur
promit que s'il les voyoit plus doux et plus
humbles, il obtiendroit la satisfaction de
leurs désirs et l'oubli de leur licence. Mais
les discours de Gordon n'émût point les
coeurs endurcis de l'insolente et perfide
milice.   Ils lui repartirent opiniâtrement
que: ce n'étoit pas leur solde arriérée qu'ils
réclamoient, qu'ils entendoient aller à Moscou embrasser leurs femmes et retourne-
roient ensuite sans argent dans leurs villes
de garnison.

Quoique instruit de l'abominable entête-
ment des Strélitz, Chein ne désespéra pas
encore tout à fait de leur repentir et Gordon ne refusa point d'essayer une troisième
fois de les toucher par l'espoir du pardon
et la promesse d'acquitter leur solde. Cette
tentative resta infructeuse; Gordon, n'en
retira pas le fruit qu'il se proposoit et ne
s'attira que des insultes de ces hommes
irrités jusqu'à la fureur. Ils poussèrent
mille chameurs et éclatèrent en reproches
contre l'envoyé, autrefois leur général:
„qu'il s'éloigne à l'instant, s'écrièrent - ils,
qu'il cesse de nous tenir des propos inutiles
s'il ne veut pas être puni de son audace à
coups de fusil; les Strélitz ne reconnoissent
l'autorité de personne, ils n'ont pas d'ordres
à recevoir, et ils ne s'en retourneront pas
ainsi à leurs postes; ils veulent entrer à
Moscou; si on les en empêche, ils ont des
armes pour se frayer le chemin." Cette
violence inattendue irrita Gordon; il déli-
béra avec Chein et d'autres officiers
sur le parti à prendre, et ce ne fût pas
long, car ils étoient décidés depuis longtems à faire usage de leurs forces. On
prépara donc tout pour le combat que

l'opiniâtreté des Strelitz avoit rendu inévi-
table. Chez ceux-ci l'ardeur n'étoit pas
moins grande: ils se remirent en bataille,
disposèrent leurs batteries, formèrent les
rangs, firent les prières accoutumées et
invoquèrent l'aide de Dieu, comme s'ils
alloient soutenir le bon droit contre des
étrangers. C'est que quand le vice se
produit au grand jour, il n'ose le faire que
sous le masque de la vertu et de la justice.
Après avoir fait d'innombrables signes de
croix, les soldats marchèrent les uns contre
les autres. Les premières décharges, lan-
cées par les canons et les bombardes de
Chein, se firent entendre; mais on en avoit
enlevé les projectiles par l'ordre de ce dernier, qui nourrissoit encore l'espérance de
faire rentrer les révoltés dans le devoir en
les effrayant par sa bonne contenance. Ce
stratâgème ne leur donna au contraire que
plus de courage; tout fiers d'avoir essuyé
le feu sans pertes ni blessures, ils s'em-
pressèrent de décharger leurs armes et
firent plusieurs victimes dans les rangs de
l'armée fidèle. Cette décharge meurtrière
ayant suffisamment démontré la nécessité
de recourir à des moyens plus énergiques,

on laissa à de Grage la liberté d'user du plomb et de la mitraille sans se contenir davantage. Cet ordre fût bien accueilli du colonel, qui sans retard pointa avec tant d'habilité des batteries sur le principal groupe ses rebelles qu'il arrêta aussitôt leur furie et changea le combat en un déplorable carnage. Les uns mordent la poussière, les autres, pâles de terreur, perdent le courage avec l'arrogance; ceux qui n'avoient pas abandonné leur présence d'esprit dans ce moment critique dirigent leurs canons contre ceux du tzar dont ils s'efforcent en vain d'éteindre le feu. Mais de Grage avoit déjà déjoué cette manoeuvre; se tournant à son tour contre la batterie ennemie, il ouvre sur ceux qui la servent un feu presque continuel; beaucoup tombent morts, un grand nombre prennent la fuite et il ne reste bientôt plus personne qui ose s'en approcher. De la hauteur où il est placé, de Grage ne cesse d'envoyer des volées de canon dans les rangs des fuyards. Plus d'abri nulle part, plus de chances de salut pour les Strélitz à qui l'artillerie servie par les Allemands inspire la plus vive terreur; ils demandent à se

rendre, eux qui dans leur insolence repous-
soient une heure avant le pardon qu'on
leur offroit; il n'a fallu ainsi qu'un clin
d'oeil pour distinguer les vaincus des vain-
queurs. Ils se jettent à genoux en sup-
pliant les artilleurs de suspendre leurs ra-
vages et en jurant de faire à l'instant tout
ce qu'on exigeroit d'eux. On leur cria de
jeter leurs armes, de s'avancer hors des
rangs et de se soumettre à tout ce qu'on leur
commanderoit. Bien qu'ils s'empressassent
d'obéir et de se porter aux endroits désignés, le feu de l'artillerie continua quelque
temps encore de peur qu'en voyant cesser
la cause de leur épouvante, ils revinssent
à la charge avec plus d'acharnement. Toutefois, dès que la panique se fût emparée
d'eux, on pût impunément les mépriser.
Des milliers d'hommes fûrent emmenés
prisonniers qui, s'ils avoient voulu mettre
jusqu'au bout leurs forces à l'épreuve, auroient sans nul doute vaincu leurs vain-
queurs. Mais Dieu mit à néant les com-
plots des méchants pour les empêcher
d'achever ce qu'ils avoient commencé.

Après avoir complètement terrassé, comme je viens de le dire, cette orgueilleuse

rebellion et jeté en prison tous ceux qui
s'en étoient rendus coupables, le commandant en chef Chein employa la torture
afin de connoître la cause, le but, les auteurs, les chefs et les complices d'un attentat aussi impie que dangereux. Et ce
n'étoit pas là une précaution inutile : sur les
principaux chefs de l'accusation, tous reconnaissoient volontiers avoir mérité la
mort ; mais aucun d'eux ne vouloit dénouer la trame du complot, révéler les
plans concertés, et surtout dénoncer les
coupables ? Le chevalet est préparé par
le licteur comme l'instrument par excellence
pour mettre la vérité dans son jour. On
déploya envers ces malheureux un luxe
inouï de tortures ; on les mutiloit affreusement sous le fouet et, s'ils s'obstinoient à
ne rien dire, on les tenoit au dessus du feu,
tout dégoutants de sang et d'humeur, de
manière à faire pénétrer, par une lente
combustion des chairs meurtries et au milieu
des plus atroces souffrances, les douleurs
les plus aigües jusqu'à la moëlle des os et
jusqu'à la dernière des fibres. On alternoit une et deux fois ces moyens de torture.
Tragédie horrible, à voir et à entendre !

3.

Au milieu d'une plaine ouverte étoient
allumés, au nombre de plus de trente, les
sinistres bûchers sur lesquels grilloient à
petit feu en poussant des hurlements sau-
vages les malheureux condamnés; un peu
plus loin retentissoient les coups de fouet;
il sembloit qu'on vouloit rendre les beaux
sites de la nature complices de la barbarie
des hommes. Un grand nombre furent
ainsi mis à la question; quelques uns cé-
dèrent enfin et firent sur leur détestable
entreprise les révélations suivantes. „Ils
n'ignoroient point combien leur faute étoit
grande; ils avoient tous encouru la punition
capitale, châtiment contre lequel nul d'entre
eux peut-être ne pouvoit réclamer; si le
sort avoit favorisé leurs desseins, ils auroient
infligé aux boyards des supplices semblables
à ceux qu'ils subissoient dans leur défaite;
leur plan étoit en effet d'incendier le faubourg Allemand, de le saccager et de le
détruire; puis, les habitants massacrés jus·
qu'au dernier, de prendre Moscou d'assaut,
d'égorger les soldats qui se seroient dé-
fendus et d'associer les autres à leurs désordres; enfin de condamner les boyards
soit à mort soit au bannissement, après les

avoir tous dépouillés de leurs grades et dignités pour que le peuple se rangeât plus librement à leur parti. Des Popes auroient marché devant eux avec les images de la Vierge et de St. Nicolas pour laisser croire que la piété, le respect de Dieu et le devoir de défendre la foi leur avoient seul mis les armes à la main, et non le désir de mal faire. Une fois maîtres absolus, ils auroient distribué des bulletins où l'on auroit appris au peuple que le tzar, qui voyageoit à l'étranger d'après le perfide conseil des Allemands, avoit perdu la vie au delà des mers. Toutefois comme il ne falloit pas laisser le navire de l'état flotter à l'aventure au risque de périr misérablement par le choc d'un écueil, on auroit mis sur le trône la princesse Sophie Alexiévna jusqu'à ce que le tzarevitch atteignît sa majorité. Basile Galitzin⁸) eût été rappelé

---

*) Ce Prince, surnommé *le grand Galitzin*, qui auroit transformé la Russie, sans effusion de sang, s'il en avoit eu le loisir comme il en avoit le projet et la capacité, étoit cruellement exilé depuis dix ans. Implacable à tout abaisser devant lui, Pierre oublia que c'étoit à ses soins que

de l'exil pour assister Sophie de ses sages
conseils." Comme tous ces aveux étoient
d'une gravité telle que chacun d'eux pris
séparément entraînoit la peine de mort, ⏤
Chein tourna contre les coupables leur
propre justice et les fit exécuter. Beaucoup
de ceux qui devoient être étranglés ou pendus furent attachés, les uns à côté des autres,
à une longue poutre et eurent la tête tranchée. La plupart, destinés à des peines
moins sévères, encombroient les prisons
voisines. C'est malgré l'opinion du général

Smolensk, Tchernigof, Kief étoient définitivement
réunies à sa couronne et sa conduite à l'égard
de ce Ministre n'est pas une des moindres tâches
qui obscurcissent son règne. On trouvera de
curieux détails sur cet homme d'Etat; qui eût
été remarquable dans tout pays, dans le *Voyage
en divers états d'Europe et d'Asie* par le Père
Avril (Paris, 1691); Korb lui-même, tout en lui
étant défavorable, trace ainsi son portrait: *Primus
sanè Minister, et qui apud Juvenes Tzarorum
animos prudentiae, et fortitudinis opinione adèo
omnia potuit, ut illorum nomine ipse regnaret.
Statui politico militarem miscuit, potentissima acie
contendens in Barbaros, consiliis factisque deme-
riturus Russiae Imperium* (p. 221).

Gordon et du Prince Masalski [9]) que le
commandant en chef avoit procédé à cette
exécution: Gordon se souvenoit que naguère, pour avoir infligé à des séditieux un
châtiment trop précipité sans les avoir assez
interrogé, le tzar s'étoit tellement mis en
fureur contre lui au milieu d'un repas, qu'il
l'auroit tué si le général Lefort n'avoit eu
assez de vigueur pour retenir son bras.
Mais Chein avoit autrement raisonné: il
s'étoit dit qu'une prompte justice avoit pour
excellents effets d'imprimer au peuple le
respect de l'autorité royale et de le maintenir dans une crainte salutaire. Pour
frapper le peuple de terreur par l'exemple
d'une exécution publique, il fit mettre en
croix un jour soixante - dix, et l'autre

---

[9]) Ce Prince Masalski (Pierre Ivanovitch) eût
ensuite le courage de n'être pas du même avis
que Pierre I dans la terrible affaire du tzarévitch
Alexis. Pierre, qui n'enduroit aucune contra-
diction, l'en punit en lui confisquant 12 mille
paysans; à son lit de mort, il lui promit de les
lui rendre mais ils avoient passé entre les mains
du Prince Iousoupof et furent matière à un procès qui dura jusqu'à Catherine II.

quatre-vingt-dix coupables. Dire quelle
fût la poignante douleur, l'indignation profonde qui saisit l'âme du tzar lorsqu'il apprit
la révolte des Strélitz, est impossible: sa
soif de vengeance le fit ensuite aisément
comprendre.   Il étoit encore à Vienne tout
occupé de ses préparatifs de départ pour
l'Italie: cette nouvelle, au sujet d'évène-
ments qui avoient troublé le coeur même
de son royaume, calma son ardeur pour les
voyages, quelque vive qu'elle fût. S'adres-
sant aussitôt à son favori Lefort (le seul qu'il
jugeât digne de vivre dans sa familiarité),
il s'écria d'une voix indignée ; „François
Iakovlévitch, donnes-moi le moyen d'aller
tout droit et en peu de temps à Moscou
tirer vengeance par des supplices dignes
de leurs crimes de la perfidie de mes sujets.
Il n'y aura d'impunité pour personne.
Autour de ma ville royale, que dans leur
tentative insensée ils vouloient surpendre,
sur les remparts, sur toutes les murailles, je
ferai dresser des croix et des gibets infâmes,
et tous, jusqu'au dernier, tous périront dans
les plus affreux tourments.“   Il ne différa
pas longtems les projets enfantés dans sa
juste colère: ayant pris la poste d'après

le conseil de Lefort, il franchit sans acci-
dent trois cents milles en quatre semaines
et entra dans Moscou le 4 Septembre, en
prince pour les bons, en vengeur pour les
méchants. A peine arrivé, ses premières
questions furent au sujet de la révolte:
quels en étoient les éléments? quel étoit
le but des rebelles? qui les avoit poussés
à un si grand crime? Comme il n'y avoit
personne qui pût lui donner sur tous les
points des réponses satisfaisantes, les uns
alléguant leur ignorance les autres la turbulence des Strélitz, il se mit à soupçonner
tout le monde et songea à de nouvelles
exécutions. Tous ceux des rebelles que
l'on gardoit emprisonnés dans les localités
environnantes furent amenés par quatre
régiments de la garde afin d'être encore
livrés à la question. Bebraschentsko [10]), qui

---

[10]) Préobrajénski, village à la porte de Moscou.
Pierre I y établit un tribunal inquisitorial, une
Chancellerie secrète, dont les traces se retrouvent
malheureusement encore, et sans grand profit
pour l'Etat, dans la 3. section de la Chancellerie
privée S. M. l'Empereur, humainement dirigée
aujourdhui par le Prince B. Dolgorouki mais dont

les reçut tous, servit à la fois de prison, de tribunal et de lieu de torture. Chaque jour qui s'écoula, férié ou non, parut bon et légitime pour juger et torturer. Autant d'accusés, autant de victimes; autant de juges, autant de bourreaux! Le prince Féodor Iourévitch Romodanovski [11]), plus

---

il n'est par moins urgent d'espérer l'abolition pour l'honneur de la Russie.

[11]) Ce prince Romodanovski est un des personnages les plus marquants du règne de Pierre I. Le Monarque, dit Bantich - Kamenski, s'en servoit pour encourager les hommes de mérite et pour punir les coupables. Quand il conçut le projet de visiter les différens pays de l'Europe, rapporte le prince Chtcherbatof, pour être mieux en état de réformer la Russie, c'est Romodanovski qu'il mit à la tête du Conseil qu'il avoit composé pour le temps de son absence. Quoiqu' attaché aux veilles maximes, il étoit d'une fidélité inviolable, sans ambition, opiniâtre seulement en tout ce qui contrarioit la volonté du souverain et sévère jusqu'à la cruauté dans la recherche du vrai. Korb en fait ailleurs (p. 223) la mention suivante: *Knesius Feudor Jurowicz Romodanowski Bojarinus, et quatuor praetorianorum regiminum Generalissimus supremam jurisdictionem exercet in causis civilibus, et criminali-*

cruel que ses collègues, étoit le plus habile à diriger l'instruction. Le grand-duc lui même à cause de la défiance qu' inspiroit ses sentimens, fût forcé de remplir l'office d'inquisiteur; c'étoit lui qui formuloit les interrogatoires, qui examinoit les accusés, qui pressoit ceux qui n'avouoient rien et les soumettoit à des tortures plus raffinées quand ils s'obstinoient dans le silence: à ceux qui faisoient beaucoup de révélations, on en demandoit encore plus; quant à ceux que l'excès de souffrance n'avoit pas entièrement privés de vigueur, d'intelligence et même de sensations, on avoit recours à d'habiles médecins pour rappeler leurs forces qui devoient bientôt s'épuiser dans de nouvelles tortures. Tout le mois d'Octobre se passa à les martyriser par le fouet et le feu, sans qu'on leur en fît grâce un seul jour; il n'y eût d'exception que pour ceux que la roue, le gibet ou la hache avoit dé-

---

bus. *Dum Tzarus inter caeteras gentes commoraretur, Pro-Regis, et Gubernatoris nomine, potestatemque gavisus est. Vetustas generis, et summum familiae ornamentum virum reddit honoratiorem.*

livrés de la vie; mais on ne les condamna
à ces supplices que lorsque, d'après leurs
aveux, on fut suffisamment éclairé sur les
chefs de la sédition.

Chefs de la révolte.

Le Vice - colonel Karpakof l'emportoit,
dit - on, sur le reste des rebelles autant par
l'élévation de son grade que par son esprit
de ruse. Après le knout, on lui brûla le
dos à la flamme; quand il cessoit de parler,
il cessoit aussi de sentir. Mais comme on
craignoit qu'une mort trop prompte ne vînt
mal à propos le soustraire aux interrogatoires, il fût recommandé à la sollicitude
du médecin du tzar, le docteur Carbonari,
afin de lui rendre par les secours de l'art
ses forces presque évanouies; quand on
eût réveillé en lui un reste de vigueur, il
fût de nouveau livré à la question et perit
dans les plus atroces douleurs.

Batska Girin, un des principaux meneurs,
qui n'avoit rien avoué après avoir enduré
jusqu'à quatre fois les châtimens les plus
raffinés, avoit été condamné au gibet; le
jour même fixé pour l'exécution, on tira

de prison en compagnie d'autres Strélitz,
destinés à la torture, un jeune homme de
vingt ans, avec lequel il fût confronté devant le tribunal; il se décida alors à rompre
le silence et à révéler le plan du complot
dans tous ses détails.

Ce jeune homme avoit par hasard ren-
contré les Strélitz aux environs de Smolensk; contraint par les principaux chefs
de marcher avec eux, on ne fit plus atten-
tion à lui et on ne lui défendit pas d'assister
aux délibérations qu'ils tinrent sur l'issue
de leur abominable trahison. Conduit en
présence des juges, il protesta de son in-
nocence, se jeta à leurs pieds et les supplia
en sanglottant de ne pas l'envoyer aux
tourmenteurs; que, tout ce qu'il savoit, il
le diroit avec la plus rigoureuse exactitude;
qu' enfin l'on s'empressât de surseoir à
l'exécution de Batska Girin, qui devoit être
pendu, jusqu'au moment où il auroit terminé
ses aveux; que c'étoit là un des principaux rebelles et qu''il pourroit rendre le
meilleur témoignage de la véracité de ses
paroles.

Boriska Broskurad fût justifié parcequ'
il se trouvoit encore au camp lorsqu'il fût

renvoyé par l'ordre du commandant en chef Chein.

Jakuska. Il avoit été élu commandant en chef des avant-postes du régiment Blanc. A quelque distance de Moscou, une querelle s'éleva entre lui et deux bas officiers et amena un retard de quatre jours, retard qui causa leur perte en même temps que le salut des honnêtes gens.

Le diacre Ivan Gabrielovitch. Depuis quelques années il étoit élevé aux frais de la princesse Marpha [12]) qui projetoit d'en faire l'instrument de ses débauches. Les rebelles vouloient lui faire épouser Marpha et le nommer protecteur des Strélitz ou grand chancelier; mais la désastreuse issue de l'entreprise ne permit de célébrer que ses funérailles, et non ses épousailles.

Quelques Popes, mêlés aux Strélitz, avoient trempé dans la même trahison; car ils avoient adressé des prières à Dieu dans le but de le rendre favorable à la rébellion, et c'étoient eux qui avoient promis de porter

---

[12]) L'auteur veut parler de la tzarévna Marthe qui fût obligée de prendre le voile sous le nom de Marguerite et mourût en 1707.

en procession au milieu des troupes les
images de la Vierge et de St. Nicolas et
d'entraîner le peuple dans le parti des révoltés en mettant en avant la justice de
leur cause et le soin de la vraie religion.
L'un d'eux fût attaché à une croix par le
fou du tzar près de la grande église dédiée
à la St. Trinité ; un autre, après avoir eu
la tête tranchée, fût exposé sur une roue
dans le voisinage du même lieu, et le Doum-
noi Diacre Tikhon Moseivitch (celui le
même que le tzar nommoit son patriarche)
fût forcé de remplir auprès de cette dernière victime l'office du bourreau.

S o p h i e.

L'ambitieux, quand il recherche le pouvoir, s'inquiète peu de l'honnêteté des
moyens ; il trouve toujours de bonnes rai-
sons pour se justifier et il ne tient aucun
compte de la distance qui doit être observée
entre le sujet et le souverain. Il y a qua-
torze ans que la princesse Sophie ne cesse,
dit-on, d'attenter aux jours de son frère ;
elle a déjà été la cause de beaucoup de
troubles. La découverte de ses intrigues

a enfin obligé le prince à prendre plus de
souci de la sûreté de sa personne, surtout
lorsque des périls récents témoignèrent
assez qu'elle libre, rien ne seroit stable en
Moscovie. Elle fût donc confinée dans le
monastère des Vierges, où des soldats du
tzar la gardoient étroitement nuit et jour.
Cependant l'artificieuse princesse réussit,
à force d'astuce, à tromper la vigilance de
tant de gardiens; elle s'engage à seconder
la nouvelle conjuration des Strélitz, elle
s'en déclare le chef, elle leur fit parvenir
ses plans, elle leur suggère les moyens et
les artifices qui pouvoient déterminer le
succès de leur détestable entreprise. Interrogée par le tzar lui même sur tant de
crimes, on ne sait pas encore ce qu'elle eût
à répondre; mais ce qu'il y a de certain,
c'est que le tzar pleura à la fois sur la desti-
née de Sophie´ et sur la sienne. Selon
quelques-uns, il auroit songé à la faire
mourir en se justifiant de la sorte: „l'exemple de Marie Stuart, passant de la prison à
l'échafaud par l'ordre de sa soeur Elisabeth,
reine d'Angleterre, m'enseigne mon devoir
vis-à-vis de Sophie.“ Néanmoins, et cette
fois encore, le frère pardonna à sa cri-

minelle soeur, et ne lui infligea d'autre punition que cette d'être exilée dans un monastère plus éloigné.

Quant à la princesse Marpha, elle s'étoit
compromise dans la rébellion plutôt pour
satisfaire ses goûts déréglés que pour ren-
verser le gouvernement; elle n'avoit eu
d'autre désir que celui de jouir en liberté
des impures caresses du diacre Ivan Gabrielovitch, qu'elle entretenoit depuis quelques années à ses frais dans cette unique
intention.   On lui coupa les cheveux et on
l'enferma dans un monastère pour y faire
pénitence de sa vie passée.

Deux femmes de chambre de Sophie et
de Marpha, leurs confidentes, Fiera à Sophie et Schukowa à Marpha, furent ame-
nées du palais impérial à Bebraschentsko,
où s'instruisoit le procès, et livrées ensemble à la torture.   Pendant que l'on
frappoit de verges (ce qu'on nomme le
Knout) Fiera, qui avoit le corps entièrement
nu à l'exception des parties naturelles, le
tzar s'aperçût qu'elle étoit en état de gros-
sesse; interrogée si elle se savoit enceinte,
elle ne nia point le fait et ajouta qu'elle
l'étoit par les malices d'un enchanteur; ce

qui l'exempta d'une correction plus pro-
longée, mais non de la peine de mort. En
effet fouettée en même temps que Schukowa, elle périt avec elle, après avoir ré-
vélé la part qu'elle avoit prise aux machi-
nations des perfides princesses. On ignore
à quel genre de supplice elles furent con-
damnées: selon les uns, *on les enterra
jusqu'au cou toutes vivantes;* selon d'autres,
on les noya dans les eaux de la Iaouza.

Intelligences de Sophie avec les rebelles.

Il n'y a point de garnison assez forte
pour préserver une place lorsque la trahison, d'accord avec la méchanceté, a conçu
l'idée de s'en emparer; jamais elle ne se
tient en repos et profite des moindres ou-
vertures pour y faire glisser les émissaires
de ses ténèbreux projets. Assurément si
une garde nombreuse veilloit sans relâche
aux portes du monastère des Vierges, ce
n'étoit point à d'autres fins que pour empêcher Sophie, dont l'ambition étoit si
dangereuse, de rien entreprendre d'hostile
aux intérêts de l'état et du prince. Pour-

tant, en dépit de la surveillance de tant
d'Argus, elle parvint, par l'intermédiaire
d'une misérable mendiante, assise dans le
corps de garde des soldats, à allumer le
vaste et effrayant incendie d'une guerre ci-
vile. C'étoit une vieille femme qui venoit
tous les jours demander l'aumône, et qu'au
moyen de quelques libéralités et de pro-
messes brillantes, Sophie fit concourir à
son oeuvre infernale. Alléchée par de si
belles espérances, la vieille jura d'exécuter
ponctuellement tous les ordres de la princesse, qui lui apprit ce qu'elle attendoit
d'elle en lui donnant un pain comme son
aumône accoutumée; elle devoit le porter
fidèlement aux Strélitz et attendre leur réponse, s'ils vouloient se confier à elle. Dans
ce pain il y avoit une lettre où, après avoir
assuré les rebelles de son concours le plus
dévoué à leur entreprise méritoire, elle les
engageoit à se rendre au monastère et à
tuer tous ceux des ses gardiens qui feroient
résistance; car, ajoutoit-elle, les choses en
étoient à un point qu'ils ne pouvoient mieux
ouvrir la campagne que par un massacre.
Les rebelles usèrent du même stratagême
pour transmettre leur réponse; toutes les

fois qu'on y eût recours, ce fût avec autant de bonheur; les soldats ne s'aperçurent de rien. Tant la perversité est adroite et inventive. Néanmoins elle se prit dans ses propres filets, et ce pain, dont les coupables avoient abusé pour conspirer le meurtre de tant d'honnêtes gens, devint l'origine de leur perte effroyable, quoique méritée, comme on peut aisément le voir par l'arrêt suivant.

Jugement porté contre les rebelles en date du 10 Octobre 1698.

Voleurs, brigands, insulteurs de la croix, rebelles des régiments de Theodose Kolpokof, d'Athanase Tzabanof, de Jean Lornoi, de Tikhon Hundertmark, fantassins Strélitz!

Pierre Alexiévitch, souverain et grand-duc, autocrate de la grande, blanche et la petite Russie, a ordonné de vous faire savoir ce qui suit: Le 27 octobre de l'année dernière (c'est à dire 1697) par une lettre émanée de la chancellerie suprême, ils reçurent l'ordre de quitter Storopzo[13]) et de rejoindre l'armée du sénateur et général le prince Michel Grégoriévitch Romodanovski, afin d'aller avec leurs officiers, colonels et lieutenants - colonels, conformément à ce qu'avoit arrêté le souverain, tenir garnison dans les villes et lieux ci-après désignés :

Le régiment de Théodose à Viazma, celui d'Athanase à Pielle, celui de Jean à Ostheba et à Volodomir, celui de Tikhon à Dorogobouje.

Contrariés par l'ordre du souverain, ils ne se rendirent pas avec leurs colonels et lieutenants-colonels dans les villes désignées et chassèrent de leurs rangs les colonels, lieutenants - colonels et capitaines. A leur place, ils élurent à ces grades des rebelles comme eux, des soldats leurs camarades, et partirent de Storopzo pour Moscou avec les armes et les canons des régiments. Comme ils étoient près du monastère de la Résurrection, Alexis Simonovitch Chein les rencontra avec ses officiers et la garde; trois

---

[13]) Toropetz, petite ville du gouvernement de Novgorod.

fois, il envoya de son camp au devant d'eux
pour les décider à se reconnoître coupables
de révolte envers le souverain et à se rendre,
suivant la volonté souveraine, dans les
villes désignées. Mais, s'insurgeant contre
la volonté souveraine, ils n'allèrent pas dans
les villes désignées, se préparèrent à com-
battre, tournèrent les armes et les canons
du souverain contre les défenseurs du souverain et atteignirent un grand nombre de
ces derniers, dont quelques-uns succombèrent à leurs blessures. Après s'être mis en
route pour Moscou, ils devoient s'arrêter
dans le champ des Vierges, devant le monastère, pour présenter une requête à la
princesse Sophie Alexiévna et l'inviter à se
mettre à leur tête comme autrefois; puis,
ils auroient massacré les soldats qui gardent
ce monastère. Après ce massacre, ils seroient entrés à Moscou, auroient répandu
dans les faubourgs populeux de Moscou des
copies de leur séditieuse requête imprimée,
et auroient entraîné le bas peuple en lui
disant que le souverain étoit mort par delà les mers. Puis, de concert avec lui, ils
se seroient soulevés, auroient massacré les
boyards, détruit le faubourg des Allemands,

mis à mort tous les étrangers et refusé au souverain l'entrée de Moscou. Si la garnison se fût déclarée contre eux, ils auroient écrit aux régiments des Strélitz, qui sont actuellement au service du souverain, de se joindre à eux contre les troupes de Moscou; quand ils auroient reçu ce renfort et pris la ville, ils auroient tous ensemble invité la même princesse à se mettre à leur tête, passé la garnison au fil de l'épée, massacré les boyards, détruit de fond en comble le faubourg des Allemands et refusé au souverain l'entrée de sa capitale. Livrés aux interrogatoires et à la torture, ils se sont reconnus coupables de tous ces forfaits.

. . Le souverain a ordonné que, „en raison de leurs moyens de défense, ces brigands, ces traîtres, ces transgresseurs et ces rebelles soient tous punis de mort, afin que par la suite d'autres ne soient pas tentés de s'autoriser de leur exemple.“

Comme cet arrêt enveloppoit tous les Strélitz en général, aucun d'eux n'obtint grâce par un tardif repentir. En effet, avant le départ du tzar pour l'étranger, ces mêmes Strélitz s'étoient mutinés; ce crime leur fût pardonné lorsqu'il rentrèrent dans le devoir,

mais à la condition qu'à l'avenir ils ne re-
commenceroient plus. Cette réserve fût
même l'objet d'une mention publique : il
étoit dit que si le tzar n'appliquoit aucune
loi contre les rebelles, c'étoit parce qu'ils
s'étoient eux-mêmes voués d'avance à tous
les châtiments imaginables, aux peines les
plus sévères, à la mort même, dans le cas
où, par leur incorrigible turbulence, ils
porteroient atteinte au salut du prince, à
leur serment de fidélité et aux plus simples
devoirs de l'obéissance. Tous sanctionnè-
rent de leur signature cette décision si pré-
voyante du tzar et ceux qui ne savoient pas
écrire y apposèrent une croix. Telle fût la
circonstance aggravante qui, en enchaînant
la clémence, autorisa contre la sédition l'emploi de rigueurs excessives.

Première exécution (10 Octobre 1698).

Le tzar invita à cette manifestation de
sa justice vengeresse tous les envoyés des
princes étrangers comme s'il avoit voulu
donner une preuve éclatante de ce droit de
vie et de mort que lui avoient disputé les

rebelles. Devant la caserne de Bebraschentsko s'étend un terrain montueux, exposé
au soleil, couronné par une petite hauteur.
C'est le lieu ordinaire des exécutions; on y
suspend à des poteaux d'infamie les têtes
hideuses de ceux qui ont porté la peine de
leur crime. Ce fût là que la première scène
de la tragédie se déroula. Les curieux
étoient accourus en foule à ce spectacle;
mais ils étoient maintenus par tout un régiment de la garde rangé sous les armes.
Un peu plus loin à l'endroit où le terrain
s'élevoit, se pressoient des groupes nombreux de Moscovites. Je me trouvois alors
en compagnie d'un Allemand, officier su-
périeur, qui, grâce à l'habit moscovite, à
son grade et à sa position dans la maison
militaire du tzar, jouissoit du droit de par-
tager les privilèges des Moscovites. Il alla
se mêler aux soldats et m'apprit en reve-
nant que cinq têtes de rebelles venoient
déjà d'être abattues à coups de hâche *par
la plus noble main de la Moscovie.* La
Iaouza traverse dans son cours le campe-
ment militaire de Bebraschentsko; sur
l'autre rive une centaine de condamnés,
placés sur de petits chariots (on les nomme

Sbosek en russe) attendoient que leur tour
de mourir fût venu; autant de condamnés,
autant de chariots et de soldats; *on n'avoit
point appelé de prêtres,* comme s'ils étoient
indignes de cet honneur; mais ils tenoient
dans chaque main une chandelle de cire
allumée pour qu'ils ne mourussent pas sans
croix et sans cierges. Les déchirantes la-
mentations des femmes, auxquelles se mê-
loit le triste concert des plaintes et des cris
des mourants, ajoutoient encore à l'horreur
du supplice. La mère se désoloit près de
son fils, la fille pleuroit sur son père, l'é-
pouse, déplorant le sort de l'époux, gémis-
soit avec tous ceux que les liens du sang et
de la parenté jetoient dans le désespoir.
Lorsqu'on entraînoit avec rapidité les condamnés au lieu d'exécution, alors éclatoit
avec plus de force la douleur des malheu-
reuses femmes; elles essayoient de les suivre
leur tenant presque toutes le même langage
désolé (comme la traduction me l'a fait
comprendre): „Pourquoi m'es-tu sitôt ravi?
pourquoi me quitter? ne pourrais-je t'embrasser une dernière fois? pourquoi m'empêcher de te dire adieu?" Elles s'unissoient
encore par ces touchantes plaintes aux êtres

chéris qu'il leur étoit défendu d'accompagner. Cent trente autres Strélitz furent extraits de la maison du général Chein pour aller à la mort. A l'entrée de toutes les portes de la ville, on avoit dressé deux potences doubles destinées, ce jour-là, chacune à six rebelles. Lorsqu'on eût conduit sur les lieux d'exécution tous les condamnés et que chaque potence eût reçu son contingent de victimes, le tzar, vêtu d'une pelisse verte à la polonnoise, se rendit avec un nombreux cortège de nobles, à la porte où l'attendoit, par son ordre et dans sa propre voiture, l'ablégat impérial[14]) en eompagnie des représentants de la Pologne et du Danemarck. Il avoit à ses côtés le général Lefort et le commandant en chef des postes, de Carlowicz, qui l'avoit ramené de Pologne; beaucoup d'autres étrangers auxquels s'étoient mêlés des Moscovites se tenoient près de la porte. Alors commença la lecture du jugement dont le tzar invita tout le monde à bien saisir la teneur. Le bourreau n'auroit pas suffi à tant de be-

---

[14]) Ignace-Christophe von Guarient et Rall.

sogne ; aussi, par ordre du tzar, plusieurs officiers lui vinrent en aide. Les condamnés n'avoient ni liens ni entraves ; ils traînoient fixées à leurs chaussures des tablettes de bois dont le frottement réitéré s'opposoit à la rapidité de leur marche. Ils montèrent d'eux-mêmes et comme ils purent l'échelle de la potence, faisant le signe de la croix aux quatre coins de l'horizon, et se voilèrent, suivant la coutume du pays, la face et yeux avec leur tunique. La plupart, passant leur cou dans le noeud de corde, se lancèrent sans aide dans l'espace afin de se débarrasser plus vite de la vie. On en compta deux cents trente qui expièrent ainsi leur crime par le gibet.

Deuxième exécution (13 Octobre 1698).

Malgré l'arrêt qui infligeoit la peine capitale à tous les complices de la révolte, le tzar ne voulut point dépasser les bornes de la sévérité. Ainsi un grand nombre de Strélitz en faveur desquels on pouvoit invoquer la foiblesse de l'âge ou de l'intelligance, et qui n'étoient en quelque sorte

qu'égarés, virent la peine de mort commuée
en punition corporelle: on leur coupa le nez
et les oreilles, et on les envoya traîner une
vie ignominieuse, non plus au coeur du royaume, comme auparavant, mais dans les
territoires éloignés et barbares de la Moscovie. Après avoir été ce jour là châtiés
de la sorte, cinq cents rebelles furent dé-
portés.

Troisième exécution (21 Octobre 1698).

Aujourd'hui six seulement ont été décapités, plus heureux que leurs camarades
s'il y a des dégrés d'infamie dans le genre
supplice!

Quatrième exécution (21 Octobre 1698).

Afin de prouver que les murs de la ville,
que les Strélitz avoient projeté de souiller
par une violente escalade, étoient sacrés et
inviolables, on fixa à toutes les meurtrières
de l'enceinte, qui avoisinoient les portes,
des crochets, à chacun desquels on pendit
les rebelles deux par deux. Aujourd'hui

on en a exécuté ainsi plus de deux cents.
Aucune ville peut être n'aura été garnie
d'autant d'étranges sentinelles que Moscou,
grâce à ces horribles crochets!

Cinquième exécution (23 Octobre 1698).

Elle n'a guère différé de la précidente.
Quelques centaines de Strélitz ont été pendus au rempart appelé le rempart Blanc.
On en a aussi attaché quatre aux potences
doubles de la première exécution.

Sixième exécution (27 Octobre 1698).

Celle ci diffère grandement des autres;
on a varié beaucoup les genres de mort.
Chose à peine croyable! trois cents trente
malheureux, conduits ensemble aux exécu-
teurs, ont arrosé la plaine d'un sang russe,
mais impur. Tous les membres du conseil
institué contre les rebelles, boyards, sénateurs du royaume, doumnie Diaks, tous, man-
dés par le tzar à Bebraschentsko, *durent
accepter le rôle de bourreaux!* Chacun devoit porter un coup sûr et saisissoit d'une

main tremblante l'instrument inaccoutumé;
celui des boyards qui frappa le plus mal
égara sa hâche sur le dos d'un Strélitz, qui
eût le corps presque coupé en deux par la
moitié et auroit senti ses douleurs s'accroître
jusqu'au paroxysme si Alexasca [15]) ne lui
eût plus adroitement tranché la tête.

Le prince Romodanovski, sous le commandement duquel ces quatre régiments
avoient été mis avant la révolte afin de sur-
veiller à la frontière les troubles de la Pologne, fût forcé de décapiter un soldat de
chaque régiment. On conduisoit un par un
les Strélitz devant chaque boyard qui s'em-
paroit de la hâche à tour de rôle. Le tzar
en personne, assis sur un siège, présidoit
à tout ce drame.

Septième exécution (27 Octobre 1698).

Elle fût réservée au châtiment des Popes,
qui devoient se servir des saintes images
pour entraîner le peuple dans le parti des
Strélitz et qui, à l'autel, dans les cérémonies

---

[15]) Sans doute, le véritable bourreau.

sacrées, avoient invoqué l'aide de Dieu pour l'heureuse issue de la rébellion. On choisit pour leur supplice une place située devant l'église de la Trinité, la principale de Moscou. Une potence en forme de croix les attendoit pour les punir d'avoir fait tant de milliers de signes de croix et accordé tant de bénédictions aux bataillons révoltés [16]). Le fou de la cour, déguisé sous le costume d'un Pope, apprêta la corde et en lia un patient; car il étoit défendu de livrer les prêtres aux mains du bourreau. On trancha la tête à un Pope et on attacha ensuite son cadavre sur la roue. Les fidèles qui fréquentent l'église voient encore sur la place la roue et le gibet chargés de cet ignoble fardeau indiquant assez quelle fût l'énormité du crime.

Le tzar assista en voiture à l'exécution des Popes; il flétrit leur trahison dans une courte allocution qu'il fit au peuple qui encombroit la place; il termina par cet avis menaçant „que dorénavant, dit-il, aucun Pope ne s'avisât plus de prier Dieu dans de semblables intentions!" Un peu avant l'exécution des

---

[16]) Pro tot crucibus . . . crux exspectabat.

prêtres, devant le Kremlin, on avoit exposé
vivants sur la roue deux frères rebelles,
après leur avoir rempu les cuisses et les
membres. Autour des échafauds gisoient
vingt cadavres décapités, au nombre desquels deux des roués pouvoient encore
apercevoir leurs frères. On ne pourroit
aisément comprendre leurs cris, leurs la-
mentations et leur désespoir à moins de
se rendre auparavant un fidèle compte de
l'excès de ces tortures et de ces souffrances. J'ai *vu* des cuisses rompues attachées
à la roue par des cordes très serrées et
certes, à mon avis, la douleur la plus
aigüe, au milieu de tant de douleurs, devoit être de ne plus pouvoir les remuer.
Ce concert de pitoyables clameurs parut
émouvoir l'âme du tzar qui passoit près de
là: il s'approcha des condamnés, leur promit d'abord une mort plus prompte, puis
l'impunité, s'ils faisoient des aveux sincères;
mais, plus opiniâtres encore sur la roue, ils
se bornèrent à répondre qu'ils n'avoueroient
rien et qu'ils étoient déjà bien assez punis[17]).

---

[17]) Un d'entr' eux rassembla même ses forces
pour lui cracher au visage.

Le tzar les laissa se débattre avec la mort et se rendit au monastère des Vierges. Devant cet édifice s'élevoient trente potences présentant la forme d'un carré et laissant flotter deux cents trente cadavres de Strélitz; trois des principaux d'entre eux, qui s'étoient chargés de présenter à Sophie la supplique relative à l'administration des affaires, avoient été pendus si près des fenêtres de la chambre à coucher de cette princesse qu'elle pouvoit sans difficulté les toucher et recevoir d'eux la supplique qu'ils tenoient à la main. Accablée de toutes parts, Sophie écouta la voix de sa conscience; ce qui, je le crois, détermina son changement de conduite lorsqu'elle eût pris l'habit monastique [18]).

---

[18]) Pierre la força de prendre le voile sous le nom de soeur Suzanne. Après cinq ans d'une pénible captivité, elle s'éteignit le 4 juillet 1704 à l'âge de 46 ans. Pendant ses sept années de régence, remarque son récent et meilleur historien, elle acquit la terre des Zaporojtzi, c'est à dire les bouches du Dnièpre et mit la Russie en communication avec la Mer Noire. — La supériorité de la Russie sur la Pologne commença à la paix d'Androussow et acquit une base solide

Dernière exécution (31 Octobre 1698).

Près du Kremlin, deux Strélitz, attachés sur la roue, avoient eu les cuisses et les autres membres brisés; ils y restèrent toute la soirée et toute la nuit, souffrant les plus atroces douleurs et terminèrent leur misérable vie dans une agonie épouvantable et avec des cris horribles; l'un d'eux, moins âgé, survécut à l'autre et vit ses tortures se prolonger jusqu'au milieu de la journée suivante. Le tzar dînoit alors chez le boyard Léon Kirilovitch Narichkin; les ambassadeurs ainsi que les ministres étoient tous là. Sur les instances renouvelées de tous les assistants, le prince, après avoir longtems résisté, consentit enfin à donner l'ordre de tuer d'un coup de fusil le condamné Gabriel, qui respiroit encore et qui avoit fréquenté la cour.

---

par le traité de 1686. Enfin la première guerre offensive entreprise par nous contre la Turquie et notre première grande alliance européenne sont des faits qui se rapportent à l'époque de la Régente (La Régence de la Tzarewna Sophie par Stchébalsky, p. 225).

Quant au reste des rebelles détenus dans-
les lieux environnants, le lieu du supplice
fût leur prison même. Si on les avoit en-
tassés et exécutés au même endroit, une si
grande boucherie d'hommes eût paru un
trop grand acte de tyrannie, surtout au
moment où l'opinion publique, épouvantée
par le spectacle de tant de supplices, com-
mancoit à prendre ombrage de la sévérité
du prince.

Après avoir considéré les périls toujours
renaissants qui lui avoient jusqu'alors enlevé toute sécurité, après avoir échappé
à tant d'embûches que lui avoit fait sans
cesse redouter l'extrême perfidie des Strélitz,
le tzar résolut de ne plus tolérer aucun
Strélitz dans son empire; tous furent relé-
gués aux extrémités de la Russie et leur
nom fût proscrit. On leur permit, s'ils
renonçoient pour toujours à porter les armes, de servir en qualité de domestiques
dans les provinces, avec l'autorisation des
voiévodes.

Ils étoient réellement incorrigibles, puisque, d'après le rapport des officiers chargés
près du camp d'Azof de s'opposer aux in-
vasions de l'ennemi, ils avoient ôté toute

sécurité à ces derniers qui s'attendoient à toute heure à quelque trahison de leur part; ce qui donnoit à croire qu'ils guettoient dans des vues équivogues l'occasion d'une révolution étrangère. Toutes les femmes des Strélitz, associées au crime de leurs maris, en partagèrent aussi le châtiment: on leur ordonna de quitter les environs de Moscou et il fût défendu *sous peine de mort* d'en loger secrètement aucune, à moins de les employer comme servantes dans les propriétés situées hors de la ville.

C'est ainsi, à ce qu'on prétend, que les Russes auroient été expulsés par les Roxolans dont ils descendent avec une légère variation de nom. Par une appellation plus moderne, la Mosqua [19]) qui baigne la métropole de la Moscovie, a servi à désigner les Moscovites. Cette nation, dont la première capitale située au de là des mers, au dire de quelques-uns, a été successivement transférée à Novgorod, à Kief, à Vladimir et enfin à Moscou, s'est élevée

---

[19]) La Moskva et non la Mosqua ni la Moscowa.

des plus humbles commencements à une hauteur considérable; c'est là le secret des grands hommes qui n'ont pas manqué à sa remarquable histoire. Le règne d'Ivan Vassiliévitch qui soumit les provinces si étendues de Kazan ainsi que le royaume d'Astrakan par la mort ou la captivité de leurs princes, éleva la Russie à l'état de grandeur où elle est maintenant, grandeur qui a été jusqu'ici pour elle une fréquente cause d'affoiblissement; car les esprits remuants des nouveaux sujets et la crainte de déchirements intérieurs n'ont pas encore permis de cicatriser les blessures inguérissables du pays. En 1682, il suffit de l'ambition d'une femme pour rallumer la discorde et pousser les citoyens à s'exterminer les uns les autres au milieu du pillage, des massacres et des brigandages. Ce fût aux intrigues ténébreuses de la princesse Sophie qu'on fût redevable de tant de désastres. Le dernier grand-duc Féodor Alexiéevitch, dont la foiblesse augmentoit de jour en jour, sentant sa mort prochaine, désigna pour son successeur aux Etats du royaume son frère aîné Ivan Alexiéevitch, prince fort

doux de caractère, mais que la foiblesse de
sa vue ŧ plusieurs autres imperfections
physiques sembloient devoir éloigner des
affaires et des soucis du trône. Après la
mort du grand-duc, la tzarine Nathalie
Kirilovna, femme d'une rare habileté, mit
toute son adresse à persuader aux boyards
et aux magnats du royaume que l'installa-
tion de son fils Pierre Alexiéevitch étoit
d'un meilleur augure que celle d'Ivan; qu'il
falloit le confier à la surveillance de son
cousin Narichkin jusqu'à ce qu'il eût l'ex-
périence des affaires; que son cœur géné-
reux, la vivacité de son esprit, son amour
de l'étude, remarquable dans un âge si
tendre, laissoient deviner la grandeur d'âme
et les qualités dignes d'un roi. Sur ces
entrefaites, la princesse Sophie, que nul
n'égaloit en ruse et en pénétration, decou-
vrit le plan de la tzarine et travailla par
ses intrigues à le faire avorter. Aucun
coup de foudre ne pouvoit être plus terrible
que d'apprendre aux soldats que le grand-
duc Féodor, son frère germain, avoit été
victime de la perfidie des boyards qui
l'avoient empoisonné. Pour faire croire à

ses paroles, elle imagina une ruse des plus dangereuses. Les soldats de la garde devoient se trouver en grand nombre à l'assemblée mortuaire et aux funérailles du feu tzar, et ce jour là, selon une coutume immémoriale, on leur distribuoit, d'après l'usage Russe, du vin cuit à leur déjeuner. Sophie mêla un poison violent à cette boisson et, par une nouvelle audace, tenta de rejeter sur les boyards, l'odieux du crime qu'elle venoit de commettre. Par ses soins, les soldats furent avertis : qu'il ne falloit point toucher au vin cuit qui leur seroit distribué ; qu'on y avoit versé une substance délétère, que ceux qui y goûteroient seroient frappés de mort ; que le même sort qui avoit atteint le tzar les menaçoit ; que tous les boyards étoient des empoisonneurs qui ne se cachoient plus pour faire tomber l'armée dans leurs pièges ; qu'il n'y avoit enfin de salut à espérer pour personne s'ils ne tiroient hardiment vengeance et de l'assassinat du prince et des embûches qu'on leur avoit tendues. La mort d'un Strélitz, qui but le vin empoisonné et enfla jusqu'à son dernier moment, démontra la véracité et la bonne foi de Sophie. Les voilà aussitôt à couvrir les boyards d'imprécations, à invoquer l'âme du tzar trépassé, à se déchaîner violemment contre les empoisonneurs, à effrayer le peuple de l'imminence du péril et à le soulever contre les nobles. Dans le premier accès de fureur, soixante mille émeutiers s'emparent des deux médecins du tzar, les docteurs Daniel et Guthbier et les réduisent, pour obtenir des aveux, à des tortures dont il seroit impossible de décrire le raffinement; égarés par l'artificieuse Sophie, ces hommes les interrogeoient moins qu'ils ne leur reprochoient ce qu'ils croyoient être la vérité. L'un des deux médecins, voulant se soustraire à la tourmente populaire, chercha un refuge dans le faubourg des Allemands jusqu'au moment où elle se seroit calmée; mais il n'échappa point à la rage des furieux qui se doutèrent, par des indices fortuits, où se cachoit leur proie. Ils menacèrent de détruire par le fer et le feu jusqu'au dernier des Allemands s'ils osoient plus longtemps donner asile à un criminel de lèse-majesté. L'épouvante gagna les Allemands, destinés à payer d'un massacre général le salut d'un seul homme. Pour ne pas les entraîner dans sa perte et exposer des innocents à sa mauvaise fortune, le médecin s'enfuit dans la campagne sous les haillons d'un mendiant; mais, bientôt reconnu et livré aux émeutiers, il fût percé de mille coups et déchiqueté en lambeaux. Après avoir massacré les médecins de cette horrible manière, les Strélitz exigèrent impérieusement qu'on punît les boyards qui avoient assassiné le tzar et qu'on leur acquittât l'arriéré de leur solde s'élevant à 500,000 ducats. La grande cloche du Kremlin donne le signal de l'insurrection. Les Strélitz battent les murs du palais à coups de canon, ils brisent les portes, se précipitent en armes, jetent par les fenêtres tous les magnats qu'ils rencontrent et les reçoivent sur la pointe des piques; ils se livrent, en un mot, à la plus horrible boucherie. Rien ne les arrête, pas même le respect du prince dont ils ont résolu d'apaiser les mânes par cette fureur sanguinaire. On saccage les appartemens, on pille le trésor, on profane tout ce qui est sacré, on vend à l'enchère les

biens des victimes ; enfin des milliers d'hommes, par un acte d'inqualifiable violence,
ravagent et dépouillent les monastères. Les
factieux, usurpant tous les droits du souverain, firent élever une colonne d'infamie,
qu'ils avoient bien méritée, sur laquelle on
inscrivit les noms ignominieux des boyards
massacrés comme traîtres à la patrie. Ils
alloient tourner leur rage contre les Allemands lorsqu'un vieux Strélitz auquel ses
cheveux blancs donnoient de l'autorité, ha-
rangua ainsi ses camarades : „Qu'allez-vous
entreprendre contre les Allemands? ils
sont innocents. Il n'est pas permis de les
tourmenter; ils ne vous ont rien fait; prenez
garde! il ne restera de votre action qu'un
long repentir. La Suède les protège, elle
vengeroit leurs offenses comme siennes.“
Ce discours les ramena à de meilleures
idées; ils abandonnèrent leur projet sanguinaire. Plusieurs milliers d'hommes, sans
distinction du coupable et de l'innocent,
durent la mort à cette catastrophe; dans le
seul quartier de la ville qu'on appelle Ki-
taigorod, cinq mille individus que la crainte
avoit poussés là pour y défendre leur vie,

succombèrent de mille manières. A la fin, les troubles s'apaisèrent par l'élévation des princes Ivan et Pierre au faîte du souverain pouvoir dont ils se partagèrent les honneurs. On promulgua alors des édits contre les factieux, on formula des condamnations, une exécution fût faite et la colonne érigée par l'iniquité fût renversée par l'autorité légitime. La tranquillité publique ne fût pas de longue durée. En 1688, un orage plus terrible encore éclata à Moscou: on mit à mort un grand nombre de boyards. La vie des tzars fût menacée; ils durent chercher au couvent de Troïtza un asile plus sûr que leur palais. En même temps Lefort, emmenant une poignée de soldats, alla rejoindre la cour avec plus de confiance que de force. Ce fût là l'origine de la faveur à nulle autre pareille que lui accorda Pierre, qui lui voulut toujours du bien et lui conféra la dignité, si enviée et dont n'avoit jusque là joui aucun étranger, de général en chef et d'amiral; récemment il fût le principal interprète du tzar auprès de plusieurs souverains de l'Europe. Précipité par la trahision des siens dans des périls renouvelés, le sérénissime tzar Pierre Alexiéevitch déjoua avec un merveilleux bonheur, toutes les embûches, trahisons et intrigues. Quelques jours seulement avant son départ de la Moscovie, un complot de nobles contre sa vie étoit découvert; une haine criminelle faillit le faire réussir. Ces rebelles punis, d'autres leur succédèrent qui furent d'autant plus coupables qu'ils conspiroient contre un absent.

Fin du récit de la sanglante Révolte des Strélitz.

Imprimerie de Ch. Th. Groos à Carlsruhe.

PUBLICATIONS NOUVELLES
DE LA
LIBRAIRIE A. FRANCK,
67 Rue Richelieu à Paris.

Documents russes publiés à l'Etranger
(en langue russe).

Vol. I. un fort volume gr. 8. Prix fr. 15, —
on vend séparément:

1re Partie.	Les Allemands et le Danube	fr. 3, 50.
2me „	Le Journal de Sévastopol .	fr. 2, 50.
3me „	Lettre au Gouvern. du Grand Duc	fr. 1, 25.
4me „	Position du clergé de campagne	fr. 7, 50.
5me „	Extrait des mémoires du Cte Rostopchin	fr. 1, 50.
6me „	Karamzin et Speranski . .	fr. 3, —

Vol. II.

1re Partie.	Il est temps !	fr. 3, —
2me „	Sur l'effet et la portée de la loi du 20 Novembre 1857	fr. 2, —
3me „	Remarques sur les lettres de Rome de Mouravief	fr. 6. —
4me „	Artamof, le coq rouge . .	fr. 5, —
Vol. II cplt.		fr. 13, —

Vol. III.

1re Partie.	La question de l'affranchissement et de l'administrations des paysans	fr. 6, —

GAGARIN, J. Soc. Jes., De la réunion de l'église orthodoxe à l'église catholique (en langue russe). 1 vol. 8. br. . . . . fr. 3.

Essais sur la philologie slave et sur l'influence politique et religieuse qui l'a dirigée, par M. D. S.....k, avec un avant-propos par M. L. Landrin fils. 1 vol. in 8. . . . . fr. 2.

DULAURIER, E., Histoire, dogmes, traditions et liturgie de l'église arménienne orientale, avec des notions additionnelles. — 2me édition, revue et corrigée, 1 vol. in 12. . . fr. 4.

Question religieuse d'Orient et d'Occident. Parole de l'orthodoxe catholique au catholicisme romain, trad. du russe par A. Popovitzki. in 8. br. . . . . fr. 1. 50 cts.

QUÉRARD, J. M., La Roumanie, Moldavie, Valachie et Transylvanie, la Serbie, le Montenégro et la Bosnie. — Essai de bibliothèque française historique. in 8. br. . . . . . fr. 2.

GOLESCO, A. G., De l'abolition du servage dans les Principautés danubiennes. 1 vol. 8.1 br. fr. 2.

Les Principautés Roumaines et l'Empire Ottoman. 8. br. . . . . fr. 1. 50 cts.

De la législation russe au point de vue de la liberté de conscience. 8. br. . . . 50 cts.

Les Slaves occidentaux. 8. br. . . . . . fr. 3.

De la possibilité de réunir l'église russe à l'église catholique sans changer la liturgie (en russe). 8. br . . . . fr. 6.

Le Raskol. Essai historique et critique sur les sectes religieuses en Russie. 8. br. . fr. 6.

La Russie est-elle schismatique? Aux hommes de bonne foi par un Russe orthodoxe. in 8. fr. 1.

Imprimerie de Ch. Th. Groos a Carlsruhe.